1905 - Décembre 1er

Vente du Vendredi 1er Décembre 1905

HOTEL DROUOT — SALLE N° 8

EX-LIBRIS ANCIENS

N° 81 du Catalogue.

Me MAURICE DELESTRE, Commissaire-Priseur
5, Rue Saint-Georges

M. LOYS DELTEIL, Artiste-Graveur, Expert
22, Rue des Bons-Enfants

IMPRIMERIE

FRAZIER-SOYE

153-157, rue Montmartre

PARIS

CATALOGUE

D'UNE

Collection d'Ex-Libris

FRANÇAIS ANCIENS

———————

Dont la vente aura lieu

à Paris, **HOTEL DROUOT**, Salle N° 8

Le Vendredi 1ᵉʳ Décembre 1905

à 2 heures précises

———————

Par le Ministère de Mᵉ MAURICE DELESTRE

COMMISSAIRE-PRISEUR

5, rue Saint-Georges

Assisté de M. LOYS DELTEIL, Artiste-Graveur, Expert

22, rue des Bons-Enfants

CONDITIONS DE LA VENTE

Elle sera faite au comptant.

Les adjudicataires paieront *dix pour cent* en sus des enchères.

M. Loys Delteil remplira les commissions que voudront bien lui confier les amateurs ne pouvant y assister ; il se réserve, en outre, la faculté de diviser ou de rassembler les lots.

MM. les amateurs pourront visiter la collection, 22, *rue des Bons-Enfants*, du lundi 27 au jeudi 30 Novembre, de 2 heures à 5 heures.

DÉSIGNATION

XVIIe SIÈCLE

1. — Anonyme (Robert, Sgr de Villetaneuse ?), par *Isaac Briot*. Gr. in-8°. Très rare.

2. — Anonyme, par *Paul Maassen sculp. Aquis.* Grand in-8°.

3. — Anonyme : Support et armes : deux levriers. In-8°.

4. — Anonyme à la devise : *Digna Legi Conchylia.* Petit in-4°.

5. — Barnier (Phil. Emm.). Petit in-8°.

6. — Bavière (Bibl. des Ducs de). Petit in-fol.

7. — Bavière (Bibl. des Ducs de), 1618. In-4°.

8. — Carbonnières (Bernard de), par *De Zallais.* Rare.

9. — Chassebras, par *René Lochon*. In-8°.

10. — Dupré. In-8°.

11. — Du Refuge, par *C. Berain* — De Varaigne-
Gardouche — Le Josne, par *Nonot*. Trois
pièces.

12. — Frizon de Blamont (N. R.), 1694, 1704. Trois
variantes.

13. — Hamelmann (Hermann), ex-l. avec portrait.
In-4°.

14. — Huet (P. Daniel), 1692. In-18 — Anonyme, par
J. T. (J. Toustain ?) — Janson (J. de), par
G. Vallet. Trois pièces.

15. — Jacques Christophe, Evêque de Bâle, gravé sur
bois. In-8°.

16. — Guillaume, Evêque de Bâle, gravé sur bois,
In-8°.

17. — La Motte (J. F. Du Chesne de). In-12.

18. — Marcol (de), par *T. J. van Merlen* — Fevret —
Vacher — Bigot — Boudon de St-Amand.
Cinq pièces.

19. — Salvaing de Boissieu (Aymon). Petit in-fol.

20. — Ullens (Fr. God.), prêtre d'Anvers, 1693, par
Henri Causé.

XVIIIe SIÈCLE

21. — Anonyme, par *F. Viotte*. Grand in-8°.

22. — Albany (S. de Stolberg, C^sse d'), signé : *Inv. et
Gr. P. S. A. R.* In-12.

23. — Albertiny (Fr. Cesar), Capitaine au Rég^t d'Alsace. In-8°. Rare.

24. — Alleray (Mme d'), par *L^t Le Daulceur*.

25. — Arconville (Mme d'), par *L^s Le Daulceur*.

26. — Anthoine (J.), par *Collin*, d'après *De Senemont*.

27. — Besset de la Chapelle Milon (Elisabeth Henriette de). In-12. Rare.

N° 12 du Catalogue.

28. — Bonafous (Mathieu), par *J. Stagnon*. In-8°.

27. — Bourbon-Busset (Vte L. A. P. de), 1788, par *Mme Jourdan*, et 1793. Deux pièces.

30. — Bourgeois (Jean-Joseph), par *Collin*, à Nancy. In-12.

31. — Bourgongne (de) — Henrion (C.-H.) (de Surmain). Trois pièces par *Cl. Roy*.

32. — Braux (de), Capitaine au Régiment de la Reine, par *Nicole fils, 1759*. Petit in-8°.

33. — Bu de Longchamp (du), par *Ollivault*.

34. — Cambon (F. Tristan de), par *J. Mercadier*. Petit in-fol.

35. — Le même ex-libris. In-18.

36. — Carvoisin (Comte de), par *Collin*. 1773. In-8°.

37. — Chavagnac (de), 2 variantes, une très rare.

38. — Coppette (P. Fr.). In-8° (le nom à moitié gratté).

39. — Descamps (J.-B.), par *N. Le Mire* — Hénault (Président), d'après *Boucher*. Deux pièces in-8°.

48. — Duché, par *N. De Launay*, d'après *P. C. Marillier*, 1777. In-12.

41. — Dumars de Vaudoncour (Ch. Fr.), par *Lançon*. In-8°.

42. — Faipoux, par *lui-même*, 1780. In-8° en larg.

43. — Ferragut (Cl. Fr. de), par *P. P. Choffard*, 1766, d'après Moreau le jeune (le nom du possesseur gratté). Rare.

44. — Fontenay (A. P. de), par *J. M. Moreau le Jeune*, 1770. In-8°. Rare.

45. — Froment de Champlagarde, par *P. C. J.* 1785. In-12.

46. — Fuligny-Damas (C⁗ de), par *Cl. Roy*. Grand in-8°.

47. — Le même ex-libris, par *Cl. Roy*. In-18.

48. Gallois(le Président), par *Nicole*, à Nancy, 1763.

49. — Gueulette (Thomas), d'après *H. Becat*. In-8°.

50. — Godrands (Collège des). In-8°. Rare.

51. — Hulthem (C. van), 3 variantes.

52. — Hyenville (D'), par *F. Viotte*. Trois épreuves tirées en noir, sanguine et bleu.

53. — Lambert de Villejust, par *Brenet*. In-8°.

54. — Langeac (C^{sse} de), 1754. In-12. Rare.

55. — La Rochefoucault, de Bayers (F. de), par *A. de St-Aubin*. In-8°.

56. — La Roque Hue (de), par *J. D. Beleau*, à Rouen. Grand in-8°.

57. — Laussat (J. Gratian), par *Baour*. Deux épreuves.

58. — Lavoisier, de l'Académie royale des Sciences, par *De la Gardette*.

59. — Leblanc (Abbé), par *C. O. Galimard*, d'après Cochin fils. In-12.

60. — Le Doux (Nicolas), architecte, par *Coutellier*. In-8°.

61. — Lemoine, Instituteur de la jeune noblesse. Grand in-8°.

62. — L'Enfant (L. V. B.). Grand in-8°. Rare.

63. — Le Normant (J.), Évêque d'Évreux. Deux variantes.

64. — Lespée (de), Garde marteau de la Maîtrise de Lunéville, par *Collin*, 1768.

65. — Mahuet (de), par *Nicole*, Nancy 1744. In-8°.

66. — Marsan (de), Lorraine. Grand in-8°. Rare.

67. — Mauvoisin (de), In-8°. Rare.

68. — Millet de Chevers (de), par *Collin*, 1756. Petit in-8°.

69. — Montmorin St-Hérem (Marc, Cte de). In-8".

70. — Morand, par *De La Fosse*, 1758, d'après Mettay.
 In-8", tiré en sanguine.

71. — Moulle de Champigny, par *P. F. Tardieu*.
 In-4".

72. — Pallu du Ruau, par *Germain*.

73. — Perrot (P. Claude), attribué à *Monnier*. In-8".

74. — Pons (Prince de), Lorraine, In-8". Rare.

75. — Pontevès Sabran (de). In-12 de forme ronde.

76. — Régiment du Dauphin, Infanterie (Bibl. du),
 par le *Ch^r de Pujol*.

77. — Riston, par *Collin*. In-12.

78. — Roland de Challerange (Mme), conseillère au
 Parlement. In-8".

79. — Le même ex-libris, tiré en sanguine.

80. — Sabatier d'Astors (R. L.), par *Baumés*, à Montpellier. In-8".

81. — Saint-Aubin (Ch. Germain de), par lui-même.
 In-12.

82. — Thiroux d'Arconville — Thiroux d'Arconville
 (Mme) Deux pièces par *Lⁿ Le Daulceur*,
 d'après Gravelot et Eisen.

83. — Toustain (Vte de) par *Ollivault*. In-8".

84. — Trémouville (Estièvre de) et de Brédevent, par
 C. L. Corneille. In-12. Rare.

85. — Valory (Le Ch^r de), par *lui-même?* d'après
 F. Boucher. In-8".

86. — Vaudoncour (Dumars de), par *Nicole*, 1753.
 In-8".

87. — Victoire de France (Mme), par *C. Baron*. In-12.

88. — Vienne (Louis de) — Anonyme à la devise :
 Miscuit utile dulci. Deux pièces par
 I. Gosset.

89. — Vintimille (Mme de), 2 variantes in-12 et in-8.

90. — Wavrans (Félix de), Évêque d'Ypres, 1762. —
Anonyme (d'Haffrengues). Deux pièces par
Merché, à Lille.

N° 45 du Catalogue.

91. — Willemet (R.), par *Collin*. In-12.

92. — **Intérieurs de Bibliothèques** : Le Leu d'Aubilly, par
Delaitre — Blessig (J. L.), par *Wachsmut* —
L. B., par *Fruytiers* — De Rumare — Cellier
— Anonyme. Six pièces.

93.   Anonymes. Soixante-dix pièces. Sept lots.

94.   — Académie Royale de Montpellier — Couvent des FF. Prédicateurs de Grenoble — Abbaye de Valloires, par *Mathey*. Trois pièces.

95.   — Allemans (d') — Argenson (Bifl. d'), 2 variantes — Artaud (P. P.), par *F. D.* — Arthenay (d') — Aubret (L.). Six pièces.

96.   — Artaud (P. P.) — Gigot d'Orcy — Chateauneuf de Rochebonne (C. F. de) — Hurson — Aymeret de Gazeau (J.) — Héricourt (d'). Six pièces.

97.   — Badin de St-Aubin (N. M.), par *Chollet* — Baron (H. T.) — Basset (Laurent) — Belain, par *Godard* — Beraud (J. L.) — Bernard. Six pièces.

98.   — Barnier — Bouthilier de Chavigny — Remach de Foussemagou (Alsace) — Hofet (J.) — Bac Hélouin (Abbaye du) — Couvent de Saint-Lazare. Sept pièces.

99.   — Belleau — Potier de Gesvres — Saumery la Carre — Abbé Morellet — Vienne (de) — Jugo. Six pièces.

100.   — Bengy de Puyvallée — Riquetti — Desains — Chavagnac (de) — De Verthamont — Fouquet — Esparbès de Lussan. Sept pièces.

101.   — Blondel — Bougainville (de) — Bramand — Bretin (J. B. H.) — Brocas Beaurepaire (B.) — Brochant du Breuil, par *Mathey*. Six pièces.

102.   — Boecler (P. II.) — Rosen, 3 épr. — Reynold (G. de), 3 épr. — Anonyme. Huit pièces par *J. Striedbeck*.

103.   — Boissier de Sauvages — Dampoigné — Buisson (J. L.) — Avesgo du Valheureux (d') — Le Resche. Cinq pièces.

104.   — Boscheron (J. G. R. de), par *Berthault*, 1777 — Vallée (O.), par *Beaumont*, 1730 — Saisseval (Mis de), par *Traiteur*, 1772. Trois pièces.

105. — Bourbon (Comte de), rare — Gallatin — Camelin (M. H. de) — Gavinet — De Ville (N. F.). Cinq pièces.

106. — Caumartin (de) — Curban (de) — Schérer — Apchon — Constant de Rebecque — Duc de Chaulnes. Six pièces.

107. — Colas de la Noue (J.) — Royer des Granges — Camelin (M. H. de) — Nicolay (de) — Durand (G.) — Gougenot (G.) — Petit (A. F.). Sept pièces.

108. — Cougniou (Phil. de), Orléans — Caumartin (Bill. de), Blois — Quiqueran de Beaujeu (H. de), Castres — Quinsonas (M. J. de) — Catellan (J. M. de). Cinq pièces.

109. — Dampoigné (Ch^r) — Davollé (G. N.) — Desligneris — Dubois — Durand (G.). Cinq pièces.

110. — Desmarquets (C.), par *Bourgeois* — Fenille (de), par *Durand* — Nicolai d'Aine (J. B.), par *P. L. Cor.* — Foissey (A.) par *Th^e Brochery*. Quatre pièces.

111. — Doret (Simon) — Desains — Mouchard — Balathier de Mas — Chappet — Chavaudon (de). Six pièces.

112. — Dumoutier de Vastre — Chaulnes (de) — Boula — Martin — Béthune (de) — Villeneuve de Vence — Huteau (d'). Huit pièces.

113. — Esmangart de Beauval — Saulot de Bospin — Sobry (J. F. de), par *Barrière* — Polverel (de), par *Pallière*. Quatre pièces.

114. — Fenille (de), par *Durand* — Roussel — Galliffet (Cte de) — Théville (de). Quatre pièces.

115. — Fourqueux (de), par *Crépy* — Anonyme (abbé Pucelle ?) par *Tardieu fils* — Tarin. Trois pièces.

116. — Filliard (P. L.), par *Tiron* — Gattel (C. M.), par *Marchand* — Anonymes. Cinq pièces.

117. — Gard (du) — Cusset — Blondel d'Aubers — Beaudoin de Basset — Baulard d'Angirey — Houel d'Houelbourg. Six pièces.

118. — Gourgas (J. L.) — Thesut (J. O. de) — Le Fort (Abr.), par *Brière* — Des Arts — Dupan Sarrasin — Quinsonas (M. J. de) — Archimbaud (Ph.) — L'Epinasse (C.). Huit pièces.

119. — Guémené (P^se de) — Silva (Mme) — Roullier (Miss) — Bouchard (Mme de). Quatre pièces.

120. — Guillemin (C. A.) — Godefroy (D.) — Rega (H. J.) — Mouis de Champagne (C. A. L.) — Peysson de Bacot — Cuzieu (de) — Juigné (Mis de) — Ladevèze. Huit pièces.

121. — Hagemann (L. P. A.), par *J. W. Meil* — Billet de Mariage, par *Mme Desmaisons* — Armoiries, adresses, ex-libris. Cinq pièces.

122. — Jaillot — Desains — Pelée de Varennes — Pruvost (C. F.) — Origny (d') — Aubret (L.) — Négrier de la Crochardière — Surmont de Bersée (de). Huit pièces.

123. — Jalabert (J.) — Martini de Crissier (de), par *Bruère* — Gaillard (I.) — Chavagnac (de) — Gale (T.). — Cinq pièces.

124. — Labastie (C. de) — Laborde (J. de), chanoine de St-Séverin — La Cropte de Bourzac (J. F.) — Ladeveze — de Selle — Lalaure (C. N.). Cinq pièces.

125. — Lallemant de Betz — La Luzerne (de) — Larcher (J. P.) — Laus de Boissy — La Valete (J. de) — Le Bourg — Ledoux. Sept pièces.

126. — La Cressonnière — Paulmy (Mis de) — Montfermeil — Mouchard — Le Pelletier de St Fargeau — Colin de Contrisson. Six pièces.

N.° 44 du Catalogue

127. — Le Febvre du Grosrier — Lejourdan — Leroux
(Victor), par *M. B.* 1731 — Le Tellier de
Courtanvaux — Limoges (Ch. de) — Lon-
champ (C. M. de) — Louis (Ant.) — Lusignem
(C.se de). Huit pièces.

128. — Liancourt (Duc de) — Denis — Murat — Cham-
bon (de) — Rosset (de). Cinq pièces.

129. — Lordonnet — Noyelle de Belleroche — Langlois
de Motteville — Le Roux d'Esneval — Bernard de la Vernette, 2 variantes. Sept pièces.

130. — Luillier Chalendos, par *C. Baquoy* — Vernisy
(J. M.), par *Doyen* — Saint-Hilaire (de). Trois
pièces.

131. — Maillardière (de la), par *L. Legrand* — Maal-
val (A.) — Mareschal (D. F. G.) -- Mennes-
son — Meulan (L. N. et J. L. de) — Merigny
(de). Sept pièces.

132. — Michau de Montaran — Montlaur (de) — Mont-
fermeil (M¹ˢ de) Morel de Rambion (F.).
Mory d'Elvange — Mouchard (F.) — Murat.
Sept pièces.

133. — Mascrany, par *J. B. Scotin* — Brochant, par
Mathey — Convers (P. A.), par *L. Monnier*,
1762. Trois pièces.

134. — Meheust — Rivault de Champfleury — Lagoile
de Selle — Vairmour (de) — Barnier. Cinq
pièces.

135. — Royer (J. B.) — Dezauche (J. C.) — Dupont,
par *Maurisset* — Bouthillier (de) — Anonyme, par *V. Thomassin, 1694*. Cinq pièces.

136. — Midy (L. E.), par *Gouel* — Ludovici, Chef
d'hostel, par *Gouel* — Lanau (A. B) — Anonyme, par *Michel*. Six pièces.

137. — Normandeau (A. A.) tiré en sanguine — Irval
(d'), par *Derond*, tiré en bleu — Demarbeuf-
Pauliny (F.) — D'Héliot (B.) — Papin (P. F.)
Six pièces.

138. — Noyel de Belleroche — de Villevault — Villars
(de) — La Barthe (Th. de) — Rissé (de) —
Joly de Bévy. Six pièces.

139. — Ollivier (And. M.) — Vichy (M¹ˢ de) — Fremyn
de l'Etang — Saint Simon de Courtomer
(J. E. A. de) — Titon de Villotran. Cinq
pièces.

140.   Paris — Pasquier de Messange, 1792 — Pingré
de Fricamps — Pinseau de la Menardière
— Poulletier, 1772.— Preaux (de). Six pièces.

141. — Pauliny (F.) — Girard (Othenin) — Roger des
Granges — Chapeaurouge Mestrezat (de)
— Jugemage (P. P.). — Dampierre. Quin-
sonas (M. J. de). Sept pièces.

142. — Pignatelli — Bauffremont (de) — Pourroy de
Quinsonas Doyen — Blosseville (de).
Cinq pièces.

143. — Pont de Romémont Langhetée de Ghyvelde,
par *J. B. Carpentier* Wavrechin (de), par
Danchin — Roussel — Rousseau-Delannois
— Aubaret (A.) — Nicolay (de) — Fiévet —
Pruvost (C. F.). Dix pièces.

144. — Reuve (de) — Rossignol (R. P.) — Roussel,
2 variantes Routy (F.) — Cinq pièces.

145. — Rieu   Orléans-Rothlein — Silva (Mme) —
Le Dru, 2 variantes — De Ste Marie M. d'An-
vers — Martin — Du Val — Dépôt des
Affaires Etrangères. Neuf pièces.

146. Rivière (J. B.), par *Messager* — Gastaldy (J. B.),
par *Veyrier* — Warenghen de Flory, par
Danchin — Riboud (J. B.). — Sevrey (V.).
Cinq pièces.

147. Rohan (A. J. Prince de) — Roussel — Boulay
(du) — Ritter (J. L.) — de Fauconpret de
Thulus, par *Helman* — Petit (V.) — Héricourt (d') — Gigot-d'Orcy. Huit pièces.

148. — Saunier (L. P.), par *Chollet* — Saunier du Lac
— Serans (Cte de) — Sicard. Quatre pièces.

149. — Saussay (de) — Anonyme. Douze pièces.

150. — (Turgot de Tourailles), par *Bidault*, 1707 —
Cottin (H. D.) — Gillet (J. F.), 1778 — Pin-
gré de Fricamps (P.) — Falquet de Planta.
Cinq pièces.

151. — Vallet (J.), par *Ramel* — Vergennes (Vte de) — Vernouillet (René de). Trois pièces.

152. — Ville-d'Avray (B^on de) — Layre (de) — Rosnel (du) — Mouchy (de) — Mery de Bellegarde, etc., etc. Vingt pièces (xixe siècle).

153. — **Ex-libris du XIXe siècle :** Chardon — Berryer — Laroche — Portalis (J. M.) — Pastoret (de) — May (L. de) — Napoléon (prince) — Neufchateau (Fr. de) — Fortia (de) — Houbigant — Caffarelli (C. A.), etc. Trente-trois pièces.

154. — **Ex-libris Etrangers :** Calandrini (J. L.) — Les frères Perdriau, à Genève — Schweitzer de Bouenas, par *Weis* — Wolkenstein (Graf 3^u) — Ant. Aubert et frère, à Genève — Anonyme. Six pièces.

155. — **Ex-libris Etrangers.** Seize pièces anciennes.

156. — Borch Lubeschitz (comte de), par *S. Halle*, 1790. Petit in-4°.

157. — Pfintzing (Daniel) — Kindler — Le Ricque (M. C. Lucrère), etc. Cinq armoiries, dessins anciens enluminés.

158. — Seiff (J. Christ.), par *A. Reinhardt*, 1743. Petit in-4°.

159. — Stourbridge Library, par *Howe*, 2 épreuves une tirée en bleu.

160. — Turbia (B^sse della), par *Valperga*. In-8°.

161. — **Ex-libris Italiens :** Barnabo (xvie siècle) — Archinto — Castaneas (N.) — Marsuzi (A.) — Nani (B.). Six pièces.

162. — **Ex-libris Allemands :** Ostein (J. F. C. M. Cte de) — Marperger (P. J.), Nuremberg, 1750 — Sternegg (J. F. Gunther de), par *J. A. Schmutzer* — Steiger (A.), par *Aberli* — F. W. B. V. G. — Anonyme. Six pièces.

163. — Ex-libris — Armoiries — Adresses. Cent pièces. Ce *numéro sera divisé*.